AF243503

LE
COUP DE PATTE,

OU

L'ANTI-MINETTE.

Me remorsurum petis. HORACE.

M. DCC. LXIII.

LE
COUP DE PATTE
OU
L'ANTI-MINETTE,
ÉPITRE.

Tu dors, Boileau, tu dors! & nos *Cotins*
Osent souiller ta gloire & tes destins !
De toutes parts les *Scuderis* renaissent ;
Les *Desmarets*, les *Boyers* reparaissent.

Ah ! si des morts rompant le dur sommeil,
Tu revenois, terrible en ton réveil,
Précipiter des sommets du Parnasse
De nos Rimeurs l'altiere populace ;
Vengeur des arts, que dirois-tu de voir
Nos *Frérons* même usurper ton pouvoir,
Nos Trissotins changés en Aristarques,
Nos vils Goujats (*a*), s'érigeant en Monarques,

(*a*) Le sieur *Fréron*, que l'*Ecossaise* & sa docte *Préface*
de Q. *Curce* ont illustré, broche toutes les semaines de

4 · *LE COUP DE PATTE,*
Du bel efprit régler les tribunaux,
Nous inonder de perfides Journaux
Qui, du Permeffe écume turbulente,
Couvrent les arts de leur fange infolente ;
Petits Brouillons, dont l'unique métier
Eft de confondre & chardon & laurier,
Dont l'ignorance avec fureur s'acharne
A nous juger du haut de fa lucarne,
Et de fi loin dominant l'Hélicon,
Penfe régir les Etats d'Apollon ;
Aveugles-nés, fans guides, fans principes,
Et de nos Sphynx fe croyant les Œdipes.

C'eft eux qu'on voit fans honte affocier
Voltaire & *B***, *Malherbe* & *Sabatier*,
Et du Parnaffe écartant la barriere,
Unir enfin T*** & Labruyere.

Mais, répondra fans doute avec douceur,
Des fots bernés le mielleux défenfeur :   (*b*),
» Eh, plût au Ciel que, dans l'âge où nous fommes
» L'aménité raprochât tous les hommes !
» Qu'elle retînt ces brocards, ces lardons

petites feuilles affez dangereufes pour le goût, fi elles
n'étoient pas tombées dans un décri général. Les Pro-
vinciaux mêmes s'en dégoûtent ; & s'il eft des gens affez
dupes pour foufcrire encore, il n'en eft plus d'affez fots
pour l'avouer.

(*b*) Ces deux vers font de M. Colardeau (Epitre à
Minette) Il défire bénignement que les *Pradons* & les
Racines foient unis ; M. *Col...* n'a-t-il pas fes raifons ?

» Qu'un dur Boileau jette fur nos *Pradons.*

C'eft fort bien dit, & l'auteur de *Pyrame* (c)
Ou d'*Aftarbé* (d) doit haïr l'Epigramme ;
Leur fade vers craint le fel des bons mots.
Tel Bac*** fait peut-être la moue
A tout rieur qui berne les Dar * * * (e),
Et croit toujours recevoir fur fa joue
Soufflets donnés fur le mafque des fots.

De nos *Houdarts* la douce politique
Voudroit du Pinde exiler la critique.
Mais qui ne fent que cette *aménité*
Eft le détour de la ftupidité
Qui, ne pouvant monter jufqu'au fublime,
Veut jufqu'à foi baiffer la double cime,
Et qui prétend, fur un Pinde nouveau,
Mettre la gloire & la honte au niveau ?

Ah ! loin des Arts ce mêlange imbécille!
Pour lire *Homere*, il faut fiffler *Zoïle.*
Qu'il feroit beau de voir, fur l'Hélicon ,
Marcher de pair *Mailhol & Crébillon !*
Vit-on jamais l'augufte Poéfie
A tous Rimeurs offrir fon ambroifie ?
Quoi ! de la fcene un tragique fardeau ,

(c) M. Darn... a fait de méchans vers, & M. Bac...
auffi.

(d) *Aftarbé*, Tragédie de *Pradon.*

(e) *Pyrame*, Tragédie de *Colardeau.*

* iij

Un dur L***, un fade *Col* ***
Boiroient tous deux dans la coupe divine,
Où s'abreuvoient & Corneille & Racine?

Jamais *Virgile, Horace, Varius,*
A leurs foupers n'admirent *Bavius* :
Mais ce *Zoïle*, impudent Satyrique,
Armoit contre eux fon dépit famélique;
Et dénigrant ces favoris du goût,
Ne foupoit guere, & griffonnoit beaucoup.
Las! peignoit-il, d'une plume affamée (*f*),
De leur Comus l'irritante fumée,
Se plaignant fort que même leur mépris
N'eût qu'en fecret hué fes plats Ecrits.
Il eut raifon ; ces amis de Mécène
Des *Bavius* ont mérité la haine ;
Sur-tout *Horace*, aux traits vifs & perçans,
Choqua trop ceux qui choquoient le bon fens.

Ces nobles Fils des Nymphes de mémoire
Faifoient entr'eux un commerce de gloire ;
Rivaux amis, l'un par l'autre éclairés,
Ils cultivoient les talens adorés.
Si quelquefois leur piquante faillie
Daigna berner les *Frérons* d'Italie,
Si, prodiguant le fel à pleines mains,

(*f*) Cette Peinture de *Bavius* eft auffi de M. *Colardeau*; il a dit :

Quand de Comus l'irritante fumée, &c. Ep. à M.

Ils fe jouoient des *Colardeaux* Romains (g),
On les voyoit, généreux Adverfaires,
Couvrir d'encens leurs *Buffons*, leurs *Voltaires*,
Du vrai mérite inflexibles vengeurs (h),
Et de l'envie ardens perfécuteurs.

Suivons du moins ces auguftes modeles ;
Mêlons nos pas à leurs traces fideles ;
Que notre efprit découvre à leurs clartés
Du docte Mont les bofquets écartés :
C'eft leur flambeau que *Bardus* veut éteindre ;
Qui les imite a droit de les atteindre.
Amis du vrai, jufques dans les bons mots,
Bernons comme eux & l'erreur & les fots ;
N'empruntons point l'échaffe des Pigmées,
Ce petit art des grandes Renommées,
Ces piedeftaux où fe guinda *le Franc* (i),
Plus élevé fans en être plus grand,
Et toute gloire, impudent mécanifme
Né de l'orgueil & du charlatanifme (k).

O que d'écrits par un *Wafp* exaltés,

(g) Voyez *Boileau*, Satyre 9.

(h) Qu'il eft beau de rendre juftice au mérite, même de fes ennemis, & de reprendre avec courage les défauts de fes amis ! Ce caractere fuppofe un grand homme.

(i) M. *le Fr*... fort élevé dans les feuilles de *F*... eft tombé avec elles ; le Public a ri de la double chûte.

(k) La plupart de nos *brillans* Auteurs ont en charla-

Sont des neuf Sœurs à jamais rebutés (*l*)!
J'ai vu *Phœbus* siffler mainte Héroïde,
Maint larmoyeur, triste singe d'Ovide,
Rimes de B * * (**m**), & Profe de *Fréron*,
Et cet Arrêt, ce Jugement stupide (*m*)
D'un lourd *Midas* qui se dit Apollon,
Et ces Romans, ouvrages de toilette ;
Et *Baculard* frédonnant sa *Manon* (*n*),
Et *Colardeau* parlant à sa *Minette* : (*o*)
Lui qui, deux fois sur le tragique ton,
Nous endormit mieux que n'eût fait *Pradon* ;
Lui qu'on a vu, trop ignorant Poëte,
Bouleversant la Fable & ses Héros,
Faire enlever la Toison dans la *Crete*,
Et transporter la *Crete* dans *Colchos* (*p*).

tanisme ce qui leur manque en vrais talens. Tout bel-
efprit a fes prôneurs : l'intrigue est le partage de la mé-
diocrité ; delà naiffent ces réputations fi fubites , qui
meurent plus fubitement encore.

(*l*) Quelques Auteurs eurent jadis la duperie de fe
faire inhumer à grands frais dans l'Année Littéraire , cela
prouve que la honte fe vend.

(*m*) Petit Ouvrage bien abfurde, que tout le monde n'a
pas lu.

(*n*) Héroïne d'une Epitre qui eft devenue célebre par
fon ridicule. C'eft-là qu'on trouve ces beaux vers fi con-
nus :

    Ce *Cul divin* , ce *Cul vainqueur* ;

    Il a des *Autels* dans mon *Cœur*,

(*o*) Cette Epitre , *méchamment ennuyeufe* , eft *indigne même* de M. Cola...,

(*p*) Cette bévue abfurde eft dans le Patriotifme, on
pourroit en rire ; mais M. Col..., affure que c'eft un

Mais pour un fot qu'aveugle fa manie,
Toute cenfure eft une calomnie.
Quoi ! rire un peu d'un vers rifible & plat,
C'eft donc trahir & fon Prince & l'Etat ?
Quoi ! relever une abfurde ignorance
Dans Colardeau, c'eft outrager la France ?
Du Citoyen on refpecte le cœur ;
Mais tout fot vers fe lit d'un œil moqueur.
Que reprend-on dans fon fade Poëme ?
C'eft le Poëte, & non le fujet même ;
Car on peut être (& *Colardeau* l'apprend)
Bon Citoyen & Poëte ignorant.

Que ne mit-il dans fon *Patriotifme*
Plus de génie, & moins de Cotinifme ?
Cotin chanta fa Patrie & fon Roi (*q*) ,
Mais du Parnaffe en fut-il moins l'effroi ?
Et du récit de leur gloire immortelle
Couvrit-il moins le fucre & la canelle ?
Sans doute on peut blâmer dans *Colardeau*
Ce qu'en *Cotin* blâma jadis Boileau.

Et cependant (ô ftupide démence

crime de s'en moquer. *Quoi ! votre humeur ofe aller jufqu'au crime ?* dit-il.

(*q*) Ce vers imite celui-ci de M. Col... Ep. à M.
Quoi ! j'ai chanté ma Patrie & mon Roi.

Feu *Pellegrin* a même *chanté Dieu*, & fes *Cantiques* n'en font pas moins mauvais. Tel eft le *Patriotifme* de M. *C...* *Poëme fans Poéfie.*

Qui du Public laſſe enfin la clémence)
Il n'eſt talent qu'on ne m'ait diſputé (r),
Dit ~~un~~ ^Ce^ rimeur, dont l'orgueil hébété
Croit aux jaloux qu'il ne fit jamais naître,
Crie aux méchans pour le plaiſir de l'être,
Et va, ſemant le ſcandale & le bruit,
Pour échapper à ſa honteuſe nuit.
Mais ſon vers, lourd de pavots & de glaces,
Reſte encor froid ſous le feu des menaces.
On rit de voir un Embrion mutin
Se courroucer en ſtyle de Cotin,
Et miaulant des vers avec ſa chatte,
Mettre avec art *un carquois dans leur patte* (s).
Petit chaton, qui n'a griffe ni dent,
S'aviſe à tort de prendre un air mordant,
Et pourroit bien, dans ce combat funeſte,
Sot agreſſeur, perdre ce qui lui reſte.

Il n'eſt *talent,* nous dira-t-il encor,
Qu'on ne diſpute à ſon brillant eſſor !
Eh ! quel *talent* que d'enterrer *Caliſte* (t),

(r) Plainte mal fondée : comment diſputer à M. C...
des talens qu'il n'a pas ? Au reſte ce vers ſi orgueilleu-
ſement ridicule, eſt tout entier de M. *Colardeau.* Ce ton,
qui ſiéroit à peine au grand *Corneille,* va mal dans la bou-
che de *Scudéri.*

(s) Expreſſion abſurde de l'Ep. à Minette. *Ces pattes,*
dit l'Auteur,

    Tirant leurs traits de leurs petits *carquois,* &c.

(t) Ceux qui ſont morts ſont morts ; laiſſons en paix
leurs cendres.

Que d'affoupir un Public qu'on attrifte,
Que de traîner fa Mufe avec orgueil
De chûte en chûte, & d'écueil en écueil!
Eh! quel *talent*, dans fon Ode gothique (*u*),
Que d'allonger le fouet de la Critique,
D'avoir jadis en ftyle doucereux
Enervé *Pope*, & glacé tous fes feux,
Et déformais, avec non moins d'audace,
Traduire en vers le Traducteur du *Taffe*!

Que j'aime à voir ce marmoufet prudent (*x*)
N'apprendre rien de peur d'être pédant ;
Toujours fervile & malheureux Copifte,
Suivre Pinchêne & Boyer à la pifte ;
Pour *Marfias* abjurer *Apollon*,
Être Poëte à l'aide d'un Fréron ;
(Car de tout tems la Mufe *Colardiere*
A de F * * partagé la litiere.)
L'honneur eft grand ! mais eft-il affez doux
Pour que *Voltaire* en doive être jaloux ?

Eh! quels lauriers veux-tu qu'on te difpute,

____

(*u*). Dans fa mauvaife Ode *fur & contre* la Poéfie, c'eft
ainfi qu'il allonge le mot de fouet dans ce Vers ;

De fes *fan.ets* vengeurs frappe les pâles ombres.

On voit que *fouet* n'eft que d'une fyllabe. Ce n'eft pas
la premiere faute d'Ecolier, dont M. Col... faffe part
au Public.

(*x*) M. *Col...* dénigre *la fombre profondeur des Savans*, fans
doute, pour qu'on lui fuppofe la *brillante fuperficie des igne-
rans*. J'admire fon adreffe.

Froid Dramaturge ? eſt-ce ta double chûte ?

Moment fatal où le Public ſouffloit

Dans maint *Tuyau* que tu nommes *Sifflet* (*y*) ?

Sont-ce les vers où ta Muſe bouffie

Se plaint du *fils de la belle Sophie* (*z*) ?

Eſt-ce l'Epitre, imbécille fatras,

Malgré ta Chatte, encor rongé des rats ?

Eſt-ce l'eſſor de ton Corbeau lyrique

Qui, loin d'atteindre à l'eſſor pindarique,

Rampe & croaſſe aux fanges d'Héliçon ?

Es-tu ſi fier du vil rang de Gaçon ?

Tu crains l'Orgie au combat échauffée (*) ;

Raſſure-toi ; va, tu n'es pas *Orphée* !

Mais crains le ſort du Satyre jaloux,

Crains d'Apollon les redoutables coups.

D'un bras vengeur il atteint, il déchire

(*y*) On doit à M. Col... cette belle deſcription du Sifflet. Il l'a faite d'après nature.

> De leurs poumons ſavent du moins ſouffler
> Dans ces tuyaux.... Epitre à M.

(*z*) *Non, tu n'es pas le fils de la belle Sophie*, &c. Vers niais & ridicule de ſon héroïde d'Armide à Renaud. M. de *Mirabaud* avoit mis dans ſa traduction en proſe : *Non, tu n'es pas fils de la belle Sophie* ; ainſi M. Colar... par un effort de génie incroyable, ajoutant l'article *le*, a fait ce beau vers, ſi heureux d'ailleurs par la déſinence des deux hémiſtiches, *fils*, *phie* : c'eſt bien-là *traduire le Traducteur du Taſſe*.

(*) Ce trait eſt encor de l'Epitre à M.

> L'horrible Orgie au combat échauffée,
> Met en lambeaux le malheureux Orphée.

Tout vil profane infultant à fa Lyre :
Le même Dieu, ceint des plus doux rayons,
De traits fanglans perce les noirs Pythons.

Oûi ; mais on doit épargner, je l'avoue,
Tout fot Rimeur qui lui-même fe joue :
Pour le punir au gré de nos mépris,
C'eft bien affez de fes propres Ecrits.
De *Marfias* le douloureux martyre
Lui fera moins cruel que de fe lire.

Pauvre Rimeur, cache ton noir chagrin,
Subis en paix le fort de *Pellegrin* ;
Ne reviens plus, rifible en ta furie,
Glapir des vers pour ta ménagerie (†),
Et déformais, content d'être oublié,
Garde-toi bien de te croire envié.
Crois moins encore être la jeune abeille
Qui du Printems careffe la corbeille ;
Tu n'eus jamais de miel ni d'aiguillon,
Mais ton vers fec pique comme un chardon.
Puis il faut bien t'en avertir encore,
L'abeille n'eft amante du *frêlon* ;
On ne la voit chez l'infecte félon
Affocier le doux nectar de Flore
Au noir venin du fiel qui le dévore.

(†) Nous plaignons les Bêtes de M. *Col* ... s'il leur adreffe tour à tour des Epitres auffi mauffades que l'eft celle à *Minette*.

Qui te rend donc si fier, si sourcilleux ?
Qui t'a soufflé ce délire orgueilleux ?
La rixe plaît au Rimeur subalterne ;
Moi, je pardonne à tout sot que je berne.
Cesse, crois-moi, de périlleux combats ;
Je te méprise, & je ne te hais pas.

Malheur au sot ! car souvent on immole,
Sans y penser, l'errante bestiole.
C'est le destin de tout reptile impur
Qui vient au jour risquer son être obscur.

Le rossignol souvent d'une aîle agile
Rompt d'Arachné le chef-d'œuvre fragile ;
Mais le courroux de l'insecte odieux
N'interrompt pas l'oiseau mélodieux.
Il vit la toile, & jamais la pécore ;
A ses réseaux, las ! elle pend encore
Triste, confuse ; & de ses doux concerts
Le chantre aîlé fait retentir les airs.

F I N.